U0003449

迷路的貓

Higuchi Yuko 著

畑 菜穗子 文章構成

黃惠綺 譯

到現在我還是會非常清楚的
想起那年夏末
在公園的每個日子。

一隻小貓撿起了我。

醒過來後，
一隻陌生的貓咪
正在窺視著我。

「欸，你的手臂有雲朵跑出來。
到底發生了什麼事？」

我滿身是泥。
整個身體很沉重，
渾身刺痛。
手臂接縫那裡有些裂開，
棉花露出來了。

「告訴你，這不是雲朵，
是我身體裡的填充棉花
啦。」

小貓覺得很不可思議似的
用她的前腳摸了摸。
一些棉花纏上了她的爪子。

「這樣啊。不過，
你真是破舊不堪，而且很髒哪。」
「你太失禮了吧。
小男孩都不會這麼說。」

對了，小男孩去了哪裡？
我看了看周圍，完全沒有任何人影。

「因為你一直倒在那邊的草叢，
我很擔心啊。」
小貓說著，
就幫我把傷口都舔乾淨了。

刺刺痛痛的感覺消失後，我變得有精神了。
「謝謝你。我是喵喵。」

穿搭好看黑洋裝和靴子的女孩貓
率性的說：
「我叫作貓咪。一直住在這個公園。」

聽她這麼說，我想起了家。
和小男孩一起生活的那個地方。

「我想回到小男孩的家。
但是不知道要怎麼走。」

一想起家裡小男孩的味道，
就很揪心，
我覺得好孤單……

「我們一起去找那個家吧。」
貓咪說。

「一起找嗎？」
「對，一起去。
因為我們是家人呀。」

我和貓咪變成了家人。

我們兩個每天到處打聽
尋找小男孩的線索。
「有沒有看到小男孩？」
問了池塘的鯉魚。
「那是什麼啊？」
「是人類的男孩子唷。
他還在念幼兒園，你不認識嗎？」
「不認識哪。」
鯉魚用鰭拍拍水面後，潛進池塘底了。

「有沒有看到小男孩？」
問了文鳥夫婦。
「那是什麼啊？」
「是人類的男孩子唷。
他和我，還有爸爸媽媽四個人一起生活。
你們不知道嗎？」
「不知道哪。」
文鳥夫妻把臉轉過去開始互相啄嘴。

「有沒有看到小男孩？」
問了草原的兔子。
「那是什麼啊？」
「是人類的男孩子唷。
　他很會畫圖，你知道嗎？」
「不知道啦！」
兔子踢開了三葉草，
跑向林子裡。

「沒有人認識小男孩……」

「因為，就連我都不知道哪。」

「……好過分喔。」

「開玩笑的，對不起啦。」

貓咪道歉後，說她想知道更多小男孩的事。

　　我告訴她，小男孩是獨生子，他一直只有我作伴。

　　無論他去哪裡都會帶著我，每天晚上睡在同一張床上。

　　他還用最喜歡的蠟筆畫了很多我的圖。

　　難過的時候，他會把臉埋在我身上，擦去眼淚。

　　所以，我的肚子最先是純白色的呢。

「喵喵真的很喜歡小男孩啊。」貓咪說。

不知不覺我的眼睛充滿淚水。

「我好想他。小男孩沒有我在身邊，一定也會感到寂寞想哭吧。」

貓咪溫柔的撫摸著我的背。她似乎想跟我說什麼，但仍然沉默不語。

（雖然喵喵是這麼說的，
但其實他是被丟掉的吧，
因為他已經破破爛爛了。
人類果然是不能信任的。）

颳起愈來愈強的風，
雷雲也漸漸靠近了。

「你記得這條路嗎？」

「……不記得。」

我和貓咪又開始到處找尋小男孩的家。

但仍然什麼都沒找到。

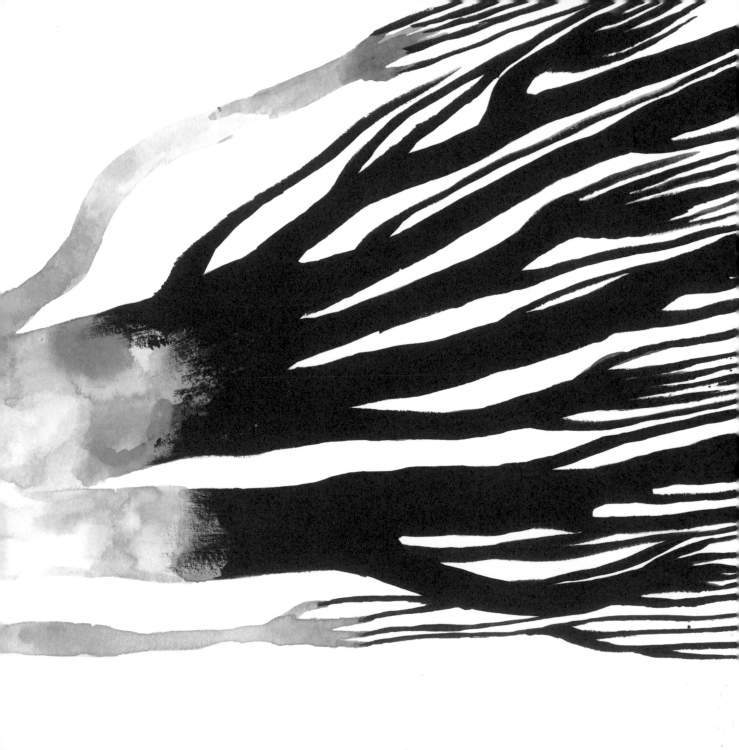

「人類真的是很可惡的生物。」
昨天貓咪不經意的吐露這句話，
卻讓我內心感慨。
聽說貓咪一家原本有四個兄弟姊妹，
但飼主沒有辦法養那麼多隻貓，
只留下一隻，其他的都丟棄在公園。

才剛出生不久，他們就分散各處，
被陌生人扔的石頭打中，
或是被棒子打……
雖然也有人類想要靠近摸摸她，
但貓咪說，她的內心裡，還是沒辦法原諒人類。

我不知道小男孩是否也會這樣……
他該不會已經不要我了？

心情像陰沉沉的天空，
不斷擴散開來。

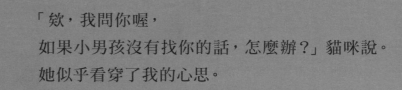

「欸，我問你喔，
如果小男孩沒有找你的話，怎麼辦？」貓咪說。
她似乎看穿了我的心思。

「……不會有那種事！」
這時，忽然想到附在我身上的口袋。
「請妳幫我拉開我頭後面的拉鍊。」
貓咪將扣環往下拉後，
裡面出現了一條菊石化石的項鍊。

「這是什麼東西，蝸牛嗎？」
「才不是呢。這個叫作菊石，是古代的動物唷。」
這是小男孩送給我的，
從他很寶貝的那些化石裡挑來送我的。

「這是我跟小男孩的寶物。」
眼淚滴滴答答的掉在菊石上面。
「覺得寂寞的話，就緊握著菊石吧。」
小男孩的聲音在我腦海裡回響。
「他真的很溫柔。
不是所有的人類都很可惡啦。」

貓咪溫柔的打開我緊握著菊石的手，
將項鍊掛在我的脖子上。

就這樣，沒找到小男孩的日子，過了一天又一天。
陽光柔和，
到了黃昏，開始吹起涼爽的風。
貓咪身體的毛變得很蓬軟。
身高似乎也增加了。

只要我因為想念小男孩哭泣時，
貓咪就會輕輕的緊抱著我。
被她那柔軟的毛包裹著，真的很安心。

我曾經想過，
如果找得到家，就讓貓咪跟我們一起生活。
不然的話，貓咪會變得孤零零。

一邊抱著喵喵的貓咪也想過，
有家人的話，不但不會寂寞，也會很開心。
不知道喵喵願不願意，就這樣永遠跟我在一起。

就在一個刮著強風的早晨。

平常都比我早起的貓咪，今天早上還躺著不起。

我擔心的去叫她。

「頭好痛。」貓咪說。

摸了摸貓咪的額頭，她發燒了。

應該是昨天被大雨淋得全身溼透的關係。

雖然很想給她吃藥，但是並沒有那樣的東西。

我收集了葉子上的露水倒進貓咪嘴裡。

她一口一口的喝掉之後，用微弱的聲音哭了起來。

第一次看到這樣哭泣的貓咪。

貓咪說很冷。

我就像貓咪平常對我做的那樣，抱緊她。

但是貓咪的身體愈來愈熱。
我想繼續收集露水，
但是周圍的草葉已經乾掉了。

再這樣下去，貓咪可能會死掉。
我跳出草叢去求助。

一隻熟面孔的狗從對面走了過來。
這隻狗應該有一位很溫柔的主人。
「我家的貓咪快要死掉了!」
雖然從來沒打過招呼,但我拚命的向他求救。

狗用那雙黑潤的眼睛一直盯著我看。
「拜託你,我把我的寶貝送給你!」
狗默默的聽著我說,
他收下了我的菊石項鍊。

看到狗的主人從後面慢慢的走過來，
我趕緊躲到樹蔭下。
看著狗拉著他的主人，
往草叢的方向走去。

不久後，狗的主人撥開草叢，
抱著貓咪走出來。
大大的手，輕輕的撫摸著
閉著眼睛看起來很痛苦的貓咪。

狗往我的方向看過來，
「放心吧。」
他吠了一聲。
我目送著狗和他的主人離去的背影。

貓咪走掉了。

啊，好想跟貓咪說，說聲「謝謝妳」啊。

已經看不到小狗和他的主人了。

他們一定會治好貓咪的病。

也能成為貓咪新的家人。

「你不追上去沒關係嗎？」
一直停在樹枝上的烏鴉問。
「這樣就好了。」
「貓咪有自己的家了。」

好了，我也該找到小男孩的家。
那個我該回去的地方。

不久之後，
我回到小男孩的家了。
因為他也一直在找我。

回到了跟以前一樣，
每天都很開心的日子。
但是我沒有一天不想念貓咪。

到現在我還是能非常清晰的
想起那年夏末
在公園的每個日子。

貓咪和我確確實實
曾經是一家人。

小麥田繪本館 5

ふたりのねこ
迷路的貓

作　　　者　Higuchi Yuko（ヒグチユウコ）
文章構成　畑　菜穂子
譯　　　者　黃惠綺
封面設計　莊謹銘
美術編排　江宜蔚
主　　　編　汪郁潔
責任編輯　蔡依帆

國際版權　吳玲緯
行　　　銷　闕志勳　吳宇軒　余一霞
業　　　務　李再星　李振東　陳美燕
總 編 輯　巫維珍
編輯總監　劉麗真
事業群總經理　謝至平
發 行 人　何飛鵬
出　　　版　小麥田出版
　　　　　　115 台北市南港區昆陽街 16 號 4 樓
　　　　　　電話：(02)2500-0888
　　　　　　傳真：(02)2500-1951
發　　　行　英屬蓋曼群島商家庭傳媒股份有限公司
　　　　　　城邦分公司
　　　　　　115 台北市南港區昆陽街 16 號 8 樓
　　　　　　網址：http://www.cite.com.tw
　　　　　　客服專線：(02)2500-7718　│　2500-7719
　　　　　　24 小時傳真專線：(02)2500-1990　│　2500-1991
　　　　　　服務時間：週一至週五 09:30-12:00　│　13:30-17:00
　　　　　　劃撥帳號：19863813　　戶名：書虫股份有限公司
　　　　　　讀者服務信箱：service@readingclub.com.tw
香港發行所　城邦（香港）出版集團有限公司
　　　　　　香港九龍土瓜灣土瓜灣道 86 號順聯工業大廈 6 樓 A 室
　　　　　　電話：852-2508 6231
　　　　　　傳真：852-2578 9337
馬新發行所　城邦（馬新）出版集團 Cite(M) Sdn. Bhd
　　　　　　41-3, Jalan Radin Anum,
　　　　　　Bandar Baru Sri Petaling,
　　　　　　57000 Kuala Lumpur, Malaysia.
　　　　　　電話：+6(03) 9056 3833
　　　　　　傳真：+6(03) 9057 6622
　　　　　　讀者服務信箱：services@cite.my
麥田部落格　http:// ryefield.pixnet.net
印　　　刷　漾格科技股份有限公司
初　　　版　2021 年 8 月
初版四刷　2024 年 5 月
售　　　價　340 元
版權所有 翻印必究
ISBN 978-957-8544-85-7
本書若有缺頁、破損、裝訂錯誤，請寄回更換。

Original Japanese title: FUTARI NO NEKO
Copyright © 2014 Yuko Higuchi
Original Japanese edition published by Shodensha
Publishing Co., Ltd.
Traditional Chinese translation rights arranged with
Shodensha Publishing Co., Ltd. through The English
Agency (Japan) Ltd. and AMANN CO., LTD., Taipei.
All rights reserved.

國家圖書館出版品預行編目資料

迷路的貓 /Higuchi Yuko 著；黃惠綺譯 . -- 初版 . -- 臺北市：
小麥田出版：英屬蓋曼群島商家庭傳媒股份有限公司發行，
2021.08
　　面；　公分 . -- (小麥田繪本館；5)
譯自：ふたりのねこ
ISBN 978-957-8544-85-7(精裝)

861.599　　　　　　　　　　　　　　　　　110008053

城邦讀書花園
www.cite.com.tw
書店網址：www.cite.com.tw